AF468092

Souffrances

DU

PEUPLE

Par Raffin.

LA LUMIÈRE APRÈS LES TÉNÈBRES.

Fraternité, féconde nos travaux,
Guide nos cœurs et notre intelligence;
Des opprimés vient soulager les maux,
Du peuple enfin ranime l'espérance.

Prix : 15 centimes.

LYON,

IMPRIMERIE DE J.-B. RODANET ET COMPAGNIE,
rue de l'Archevêché, n. 3.

1848.

Aux Prolétaires.

Travailleurs, nos fronts pâles et livides décèlent nos souffrances; l'horrible faim jette la démoralisation dans nos familles ; l'homme corrompu profitant de la misère dans laquelle nous sommes obligés d'élever nos filles, nous enlève les plus belles par le moyen de l'or et de la ruse, et lorsqu'il a satisfait ses passions, il les renvoie flétries et déshonorées. Nos fils, qui devraient être les soutiens de notre vieillesse, la société nous les ravit, hélas! souvent pour ne plus les revoir; et si nous avons la satisfaction de les embrasser avant de mourir, nous n'avons à leur offrir que la misère. Pauvres prolétaires, sommes-nous donc condamnés à souffrir depuis le berceau jusqu'à la tombe, serons-nous toujours soumis aux injures, aux vexations, aux menaces?

Non! une voix secrète nous crie : l'heure de la délivrance approche ; le Christ, image du peuple, va paraître dans toute sa splendeur, et la puissance qui l'environne anéantira les méchants et ranimera le zèle et le courage de ceux qui ont foi en l'avenir et qui veulent, par la science, arriver à la terre promise, il combattra les pharisiens et les prêtres qui ont méconnu sa loi d'amonr et son principe égalitaire; il chassera les vendeurs du temple, il renversera l'autel des faux-dieux pour substituer une religion indissoluble basée sur la fraternité: alors plus d'injustice, la tyrannie aura disparu pour jamais.

Ecoutons encore cette même voix :

Peuple! toi qui ouvres les entrailles de la terre pour en faire jaillir l'abondance, qui applanis les montagnes, toi qui ouvres les canaux, qui bâtis les palais et les chaumières ; toi qui, par ton intelligence, transformes l'or en étoffes magnifiques pour servir d'ameublement aux salons des rois et des prêtres.... toi qui prodigues ton sang pour la défense de la patrie, où est la récompense à tes rudes travaux? Tu souffres la faim, et la nudité, souvent tu n'as pas d'asile, car tu ne peux t'abriter qu'au prix de l'or, et en échange de ton travail, tes maîtres ne te donnent que la misère, et si, de l'abîme de douleurs où tu es plongé, tu oses tendre la main à l'oisif possesseur, on te traîne devant un tribunal, comme vagabond, et, après avoir subi un jugement, on t'envoie au dépôt de mendicité; cependant vingt fois tu as pris les armes pour la conquête de tes droits; vingt fois l'univers a entendu proférer par ta bouche ces paroles magiques : Mort aux tyrans, vive la liberté! En 89 comme en 1830, le drapeau français ne portait-il pas cette inscription sublime : Liberté, égalité, fraternité. Comment se fait-il qu'après tant de luttes et de combats, tu vives encore sous la loi du plus fort! car tu n'es appelé à la confection des lois qui te régissent que lorsque tu paies 500 fr. d'impôts. Pauvre travailleur, esclave de l'antiquité, serf du moyen-âge, prolétaire d'aujourd'hui, tu n'as fait que changer de nom; mais ton sort est toujours le même.

Peuple! apprends que tous les maux que tu supportes dérivent du mépris que tu fais des études de la nature. Au lieu de chercher à connaître tes droits et tes devoirs, tu te livres à des divertissements qui absorbent ton intelligence, tu vas enfouir ta belle jeunesse dans des maisons de débauche, voilà pourquoi tu ne sais rien, tu ne connais rien, et quand la faim dévore ta poitrine, tu ne sais que maudire la Providence, ou bien, poussé par le désespoir, tu te laisses entraîner par des pervers qui trop souvent veulent te conduire à ta perte; ce qui fait qu'au lieu de réclamer pacifiquement et légitimement tes droits, ta plainte ressemble au rugissement du lion, ton cœur ne respire plus que vengeance, et bientôt la guerre civile lance son tonnerre de destruction; le sang coule de toutes parts, la terre est jonchée de cadavres, et à travers les morts et les mourants, l'on remarque l'oppresseur et l'opprimé se regardant avec un air de pitié et de repentir.... mais hélas il n'est plus temps, l'inflexible mort, de ses doigts de squelette, les a marqué au front, c'est pour l'éternité.

Réflexions.

Frères, la raison nous enseigne que nous nous sommes toujours laissés égarer par des hommes éloquents qui, pour satisfaire leur ambition, arment le fils contre le père, le frère contre le frère; mais aujourd'hui, nous devons reconnaître que la guerre est un triste fléau que nous devons repousser par tous les moyens possibles, et si la nécessité nous force de l'accepter, nous devons en hâter le terme; car, après avoir arrosé la terre du sang des martyrs, si nous sommes vainqueurs, on nous proclame un peuple de héros, et un peuple de brigands si nous sommes vaincus... mais triomphants ou vaincus, lorsque nous avons enseveli nos morts, que le deuil est dans toutes nos familles, la tyrannie a-t-elle moins de puissance...... Non ! elle se relève comme pour nous punir de nos excès, elle semble nous dire : je puise ma force dans le désordre, l'ignorance enfante mes soldats, et la vengeance perpétue mon règne........ mais que nous importe, nous chantons notre victoire sur les corps sanglants de nos frères, et si nous sommes vaincus, nous déposons quelques fleurs arrosées de nos larmes sur la tombe de ceux qui sont morts pour la liberté...

Imprudens que nous sommes, resterons-nous toujours sans comprendre que la tyrannie est un principe vicieux qui se glisse dans le cœur de tous les hommes ; ne sommes-nous pas tour-à-tour exploiteurs et exploités, depuis le plus simple artisan jusqu'au grand capitaliste. Depuis la plus humble chaumière jusqu'au palais des rois, partout la tyrannie se fait sentir, qui de nous oserait dire : Je ne suis pas un tyran. Le maître traite-t-il d'égal à égal avec son ouvrier? l'ouvrier respecte-t-il celui qui se trouve placé au-dessous de lui? tel qu'apprentis, etc. La femme jouit-elle de ses droits? est-elle regardée comme l'égal de l'homme? nous considérons-nous tous comme des égaux?

NON ! nous nous méprisons mutuellement, nous nous vendons les uns et les autres pour un peu d'or; nous sommes pleins de méfiance, pleins de jalousie; en un mot, nous nous tyrannisons continuellement sans savoir d'où vient la cause de nos souffrances, voilà pourquoi nous disons avec Raspail : détruisons l'ignorance, satisfaisons les besoins légitimes et nous aurons détruit tous les vices; détruisons la crainte du lendemain et nous aurons détruit l'égoïsme de ceux qui possèdent; rendons tous les hommes heureux, et au même instant nous les aurons rendu tous frères !... Malheur à nous si nous restons plongés dans les ténèbres, si nous repoussons avec dérision et outrage ceux qui nous tendent une main amie et qui se sacrifient pour nous mettre sur le chemin de notre émancipation ! Or, que devons-nous faire pour sortir de la fange où l'ignorance nous tient enfouis ? nous devons nous instruire mutuellement, travailler à faire comprendre tous les malheurs causés par l'exploitation, et le bonheur qui naîtra de la solidarité universelle, donner l'exemple de la morale par la pureté de nos mœurs, par l'amour du travail et le dévouement à la cause des opprimés !

Ce qui est immoral.

Il est immoral : de vivre dans l'oisiveté; quiconque ne produit rien vole la société dans laquelle il vit.

Il est immoral : celui qui calomnie ses frères et qui prêche la fraternité, tandis qu'il n'a dans le cœur que la jalousie et la haine. Fraternité pour lui n'est qu'un vain mot dont il se sert pour aider son éloquence.

Il est immoral : celui qui tend dédaigneusement la main aux malheureux, par intérêt ou par orgueil; celui qui cherche à humilier son frère commet un crime de lèse-humanité.

Il est immoral : celui qui par son influence fait faire à autrui ce qu'il se garderait bien de faire lui-même; c'est un être de qui l'on doit toujours se méfier.

Il est immoral : celui qui garde le sang-froid en présence d'une famille qui meurt de faim; son cœur de glace n'a pas compris la solidarité humaine.

Il est immoral et barbare : celui qui ne trouve de remède à ses maux que dans le crime et la vengeance; celui-là n'a pas étudié l'homme dans sa nature.

Il est immoral : celui qui reconnaît que l'égalité est le seul remède à nos souffrances, et qui ne fait aucun sacrifice pour le bonheur de l'humanité, il est du nombre de ceux qui disent : Chacun chez soi, chacun pour soi... Cependant, parmi ce nombre, il en est qui ne s'opposeraient pas à une réorganisation ; aussi nous devons les considérer comme des amis que l'ignorance et les préjugés ont réduit dans un état d'inertie et d'abrutissement.

Il est immoral : celui qui croit seul posséder la vérité et refute avec aigreur ceux qui ne disent pas comme lui ; c'est un homme qui n'a pas compris ou qui ne veut pas comprendre que la perfection d'après l'ordre de la nature ne peut pas se trouver dans un seul être, car l'humanité est une et indivisible, ce qui fait que nous sommes tous membres du grand corps humanitaire, ayant tous des droits à exercer, des devoirs à remplir, des sens à satisfaire, tous un cœur pour aimer et une intelligence à développer ; or, la vérité ne peut se découvrir que collectivement et non pas individuellement.

Il est immoral : celui qui laisse son épouse dans l'ignorance, en disant : La femme ne doit rien savoir, elle doit seulement s'occuper d'élever ses enfants, là se borne sa lâche, c'est à l'homme de commander, à la femme d'obéir... Un pareil raisonnement ne peut pas sortir de la bouche d'un homme de progrès ; ceux qui parlent ainsi sont des esclaves qui voudraient se rendre libres pour pouvoir, à leur tour, assujettir des êtres trop faibles pour s'affranchir d'elles-mêmes; hommes endurcis par les vices d'une mauvaise organisation, qui vous croyez avancés sur la route du progrès, permettez que je vous dise que vous êtes encore loin de la planche de salut qui doit vous sauver du naufrage. De grâce, cessez vos discours inhumains, car vous outragez la nature.

Il est immoral : celui qui dépense inutilement sa journée de travail pendant que sa femme et ses enfants manquent de nourriture et de vêtements, il oublie les premiers devoirs que lui commande la nature.

Il est immoral : le libertin, l'homme improbe, le menteur qui se livre à des dangers sans utilité, un pareil homme est nuisible à la société et dangereux pour la cause des travailleurs.

Il est immoral : celui qui, connaissant tous ses défauts, loin de se corriger, ne craint pas d'entraîner la jeunesse par ses mauvais exemples.

Il est immoral : celui qui n'a pas honte de faire du mariage une spéculation de commerce, en épousant une femme, non pas pour la rendre heureuse, mais bien pour jouir de sa fortune, homme insensé et égoïste qui préfère le vil métal à l'amitié; va, aux revers de la fortune, ton cœur sera rongé de remords.

Il est immoral celui qui méprise ses père et mère, et qui ne leur montre de l'affection qu'en vue de leur fortune. Dans le premier cas, c'est un ingrat, et dans le second, c'est un hypocrite : Ingratitude et hypocrisie ne peuvent, sous aucun rapport se joindre au principe égalitaire qui est tout d'amour et de justice.

Mais hélas qu'il en est peu de vrais démocrates!

La vieille civilisation ronge encore tous les cœurs, car toutes les sectes qui ont paru jusqu'à ce jour se sont successivement perdues par l'immoralité....... Mais patience et courage, après les ténèbres vient la lumière. La parole du Christ ne s'est pas fait entendre en vain! Déjà de nombreux égalitaires, sous le nom de communistes, relèvent la palme de martyr que Jésus laissa tomber du haut de sa croix. Comme lui, ils veulent pacifiquement et courageusemeat propager la morale évangélique pour ramener l'homme à son état normal, c'est-à-dire le délivrer des préjugés du vieux monde et l'arracher à la corruption qui, depuis tant de siècles, dégrade l'espèce humaine...

Devoirs du Citoyen.

N'envie pas le bonheur pour toi seul; travailles pour ton frère, afin qu'il travaille pour toi.

Cherche tes plaisirs dans l'étude : lis et profite, vois et imite, réfléchis et rapporte tout à l'utilité de tes frères.

Estime les bons, plains et protége les faibles, fuis les méchants, mais ne hais personne.

Parle sobrement de crainte de te tromper, ne déguise jamais ta pensée, sois sincère dans toutes tes actions.

N'emploie jamais la flatterie, c'est l'arme des traîtres, et si ton frère te flattes, crains qu'il ne te corrompe, écoute toujours la voix de ta conscience.

Ne sois jamais colère, afin d'éviter les querelles, préviens les insultes, fais que la raison te serve de guide.

Si tu rougis de ton état, crains que l'orgueil

ne te conduise à l'humiliation; apprends que ce n'est pas la profession qui t'honore ou te dégrade, mais la façon dont tu l'exerces.

Ne sois jamais avare, l'avarice mène à l'égoïsme, et l'égoïsme au mépris public.

Respecte les femmes, ne corromps pas le mariage par d'infâmes spéculations, l'union des deux sexes doit être sanctifiée par l'amour.

Si la nature te donne un fils, remercie-la, mais tremble sur le dépôt qu'elle te confie : pense à lui donner de bons principes pour qu'il te doive une droiture éclairée et non pas une frivole élégance !

Ne sois pas égoïste de son amour, apprends-lui à aimer son prochain autant que toi-même.

Ne fais jamais devant lui ce que tu ne voudrais pas qu'il fît, montre-lui de bons exemples afin qu'il soit exempt de tentations.

Réjouis-toi dans la justice et proteste contre l'iniquité.

Ne juge pas légèrement les actions des hommes, ne calomnie point, car la calomnie est plus meurtrière que le fer de l'assassin.

Si le développement de ton intelligence te fait reconnaître les erreurs de ton frère, garde-toi de rire de son ignorance ; tâche, par une douce persévérance, de l'amener sur le bon chemin.

Ne sois pas fanatique, le fanatisme c'est l'ignorance.

Souviens-toi que la vraie religion consiste dans les bonnes mœurs et dans la solidarité universelle.

Fais le bien pour l'amour du bien lui-même.

Songes que tu ne peux conserver ta dignité d'homme que par l'accomplissement de ces devoirs.

Aux socialistes de toutes les nuances.

Frères, c'est nous qui formons le grand corps humanitaire, parce que nous voulons la justice pour tous; or, la justice, c'est la subsistance morale; et comme nous sommes aussi les producteurs des choses indispensables à la vie matérielle, l'homme n'existe que dans nous et par nous. Les égoïstes veulent le bien pour eux seulement; nous, nous le voulons pour tout le monde; car si nos idées ne sont pas parfaitement les mêmes dans les détails, nous ne sommes pas moins d'accord sur le but. Unissons donc nos efforts, ne perdons plus notre temps à de vaines futilités; notre tâche est immense, et la plupart d'entre nous n'ont point reçu d'instruction, mais nous ne voulons pas être heureux aux dépens de nos frères ; un ordre équitable, voilà ce qu'il faut au peuple. Eh bien ! puisque la science n'a d'autre but que le bonheur des hommes, mettons-nous sur le chemin de la science ; que nous faut-il pour pénétrer dans son sanctuaire? Ce sont là les lumières qui, jointes à nos sentiments, doivent nous éclairer pour y arriver ; et pour acquérir les lumières, il faut une volonté ferme ; il faut que les hommes de progrès se convainquent bien que les divisions, les calomnies, les querelles de mots et de symboles, sont la cause du retard que nous éprouvons sur la réalisation de nos idées. Frères, ne soyons donc plus désunis afin que, par l'unité de nos efforts, nous amenions le règne glorieux de la justice sur la terre, alors nous jouirons de l'égalité qui nous a été promise par le Christ : ce sera le règne de Dieu.

A nos Sœurs.

Air *du Sauvage.*

Femme du peuple, innocente victime,
Cesse tes pleurs, tes longs gémissements,
L'ordre et la paix vont succéder au crime,
La liberté veille sur tes enfants.
Lève ton front courbé sous l'esclavage,
Proclame enfin la sainte égalité;
Tes fils un jonr affranchis du servage
Te béniront dans la Communauté.

Pour triompher de l'aristocratie,
Partage en sœur nos pénibles travaux;
Que le soldat de la démocratie,
A ton aspect, oublie tous ses maux,
Et pour hâter le jour de délivrance,
Au nom sacré de la fraternité,
Que ta parole apporte l'espérance
Du vrai bonheur dans la Communauté.

Des séducteurs crains les discours perfides:
La vérité n'a pas besoin d'attraits;
La soif de l'or se transforme en suicides,
Et la morale ordonne les bienfaits.
O femme! accours à la voix qui t'appelle,
Rends à l'amour ses droits, sa dignité,
Le créateur aujourd'hui te révèle
Le vrai bonheur dans la Communauté.

Lecteurs, gardez-vous de croire que nous voulions l'affranchissement de la femme pour qu'elle puisse se livrer plus facilement au dévergondage, NON! nous désirons au contraire l'arracher à la prostitution; nous voulons qu'elle soit à même de donner de bons principes à la jeunesse; nous demandons que le mariage soit purifié, c'est-à-dire qu'on n'en fasse plus une affaire de commerce.

Nous voudrions que de sages lois obligent l'homme à regarder la femme comme son égale, afin qu'il la traite avec douceur, car nous ne pouvons pas nier qu'elle soit la moitié de l'espèce humaine, tous les savants, même les ennemis du socialisme, ne sont ils pas d'accord sur cette hypothèse? Ainsi n'avons-nous pas raison de demander sa réhabilitation, de vouloir qu'à l'avenir elle ne soit plus un ange de désordre, mais un ange de paix et d'amour.

Voilà pourquoi nous l'exhortons à s'instruire, afin qu'elle nous aide dans notre marche de propagande pacifique; car, si la tâche de l'homme est excessive, celle de la femme n'est pas moins pénible : Pendant que l'homme demande courageusement et énergiquement les réformes qui sont nécessaires à l'existence humaine, la femme doit sans cesse lutter contre les préjugés de la vieille société, elle doit, par tous les moyens possibles, se corriger des défauts, des vices, qui lui ont été transmis par une fausse éducation et veiller constamment sur ses enfants, afin qu'il ne se laissent pas entraîner par de mauvais exemples et tâche de les mettre entre les mains d'instituteurs qui professent de bons principes.

PLACE POUR TOUS !

CHANT SOCIAL.

Air des Trois Couleurs.

Fils du progrès, pour saper l'ignorance,
Faisons la guerre aux systèmes menteurs;
Etablissons un pacte d'alliance
Et l'avenir séchera bien des pleurs.
La voix du Christ nous dit : frères, courage !
Un beau soleil paraît à l'horison,
Unissez-vous, sortez de l'esclavage !
Place pour tous au banquet d'union.

Sur le passé, jetons un voile sombre,
L'esprit de Dieu guidera nos travaux;
Cœur généreux ne marchez plus dans l'ombre,
Ne craignez rien de vos faibles rivaux.
De nos projets loin de faire un mystère,
Chantons en cœur la rénovation
La liberté doit régner sur la terre.
Place pour tous au banquet d'union.

Paix aux mortels; non, non, plus de victimes !
Assez longtemps le peuple a combattu.
Si l'égoïsme a produit tous les crimes,
Le Communisme enfante la vertu.
L'ambitieux soutien du despotisme
Sera vaincu par notre instruction;
Lors règnera le vrai christianisme !
Place pour tous au banquet d'union.

Que sur nos traits rayonne la franchise.
Relevons nous pour notre dignité

Notre drapeau doit pour devise :
Amour, travail, justice, égalité!
Le laboureur fertilisant la terre,
Souvent, hélas! meurt d'inanition,
Riche imprudent, viens, reconnais ton frère,
Place pour tous au banquet d'union.

Assez de malheurs ont passé sur la terre, assez de désordres l'ont déchirée par suite de cet inintelligent esprit de haine, fruit des siècles ignorants et barbares; assez de souffrances ont été notre partage, arrêtons-nous enfin, reconnaissons la vérité, qu'elle nous éclaire et nous mène à la fraternité.

Paix aux hommes, guerre aux mauvaises institutions.

A LA SUISSE.

Air : *des trois couleurs.*

Noble Helvétie arme-toi de courage,
Lève ton front sans craindre le danger,
L'heure a sonné la chute du servage;
Apprends à vaincre et non à te venger.
En lettres d'or, sur ta noble bannière,
Grave ces mots : *justice, égalité!*
Que sur tes monts, la trompette guerrière
Redise au loin tes chants de liberté.

Vois dans le nord la Pologne asservie,
Sur ses débris flotte un drapeau sanglant,
Et Metternich, bourreau de Cracovie,
Sur toi voudrait régner en t'opprimant.

A ce *Gesler* oppose une barrière,
Ton seul rempart doit être l'*unité*.
Que sur tes monts, etc.

De Loyola si les fils ont dans l'ombre
Pu conspirer contre tes justes droits,
Marche contre eux sans mesurer leur nombre :
Ils sont jugés d'une commune voix.
De l'avenir ouvre enfin la carrière,
Le genre humain veut *la fraternité*.
Que sur tes monts, etc.

Vois l'horizon qui déjà se colore,
Un beau soleil apparaît radieux ;
La liberté que l'univers implore
Montre aux mortels son flambeau glorieux.
Peuple géant, de ta voix noble et fière,
Fais triompher l'auguste vérité!
Que sur tes monts, etc.

Echo des Antilles.

Air : *Paix et bonheur, amour, fraternité, se trouveront dans la Communauté.*

L'AFRIQUE.

Peuple français ! sois grand et généreux ;
Proteste enfin contre mon esclavage;
Délivre-moi de maîtres orgueilleux :
En me frappant, ils me nomment sauvage !...

Le pauvre noir implore ton secours,
Fais qu'il soit libre et libre pour toujours !

UNE JEUNE FILLE.

En me créant, Dieu m'a donné des droits,
Et cependant je suis abandonnée !...
Je suis martyre en dépit de tes lois...
Peuble français ! est-ce ma destinée ?
Le pauvre noir, etc.

UN NÈGRE.

Français, mon frère ! au nom du créateur
Regarde-moi : je suis chargé de chaînes.
Hélas ! mes fils sont vendus sans pudeur;
On s'enrichit sans mesurer mes peines.
Le pauvre noir, etc.

UNE FEMME NÈGRE.

Pour moi la terre est un triste séjour :
Pauvre négresse il faut céder au maître,
La femme esclave au cœur brûlant d'amour,
Souvent, hélas, il meurt sous la main d'un traître,
Le pauAre noir, etc.

UN ERANÇAIS.

Enfants de Dieu, nés pour la liberté,
Séchez vos pleurs armez-vous de courage,
Nous vous jurons, par la fraternité,
De rompre enfin votre infâme esclavage.
Au pauvre noir nous porterons secours;
Il sera libre et libre pour toujours.

Nous invitons tous les hommes de progrès à joindre leurs voix à celle des amis de l'humanité qui siégent aux deux chambres législatives pour faire cesser le trafic hontenx et barbare qui pèsent sur nos malheureux frères des colonies françaises.

Le Travail.

Le Travail dans ce monde est un ferme soutien,
Et le mépris attend quiconque ne fait rien.
Ils ne sont plus ces jours de gothique mémoire,
Où de sa nullité le noble faisait gloire,
Trouvait beau de ravir et honteux de gagner,
Et croyait déroger quand il savait signer.
L'homme attache en ce jour, où la raison l'éclaire,
L'honneur à travailler, la honte à ne rien faire.
Il reconnaît enfin que de l'oisiveté
Dérivent tous les maux de la société;
Tandis que du travail les biens naissent en foule;
Par lui tout s'édifie, et sans lui tout s'écroule.
Oh! puisse le travail, par des efforts constants,
Préparer l'avenir pour nos jeunes enfants.
Le travil obstiné ne connaît plus d'obstacle.
Il marche tous les jours de miracle en miracle,
Il suspend sur l'abîme un pont audacieux,
Il arrache la foudre à la voûte des cieux,
Il ouvre des canaux à travers les montagnes,
Change d'affreux vallons en riantes campagnes.
Par lui, l'homme triomphe et des vents et des flots,
Il refuse au génie un instant de repos.

Pour paraître bientôt :

ENQUÊTE SUR LES SALAIRES.

www.ingramcontent.com/pod-product-compliance
Ingram Content Group UK Ltd.
Pitfield, Milton Keynes, MK11 3LW, UK
UKHW020541230726
13925UKWH00006B/2408

9 782014 085402